Sven Frank

Projekt 30

Die (fast) wahre Geschichte geht weiter ...

© 2025 Sven Frank
Umschlag, Illustration: Tredition GmbH
Lektorat: Sven Frank

Druck und Distribution im Auftrag des Autors:
tredition GmbH, Heinz-Beusen-Stieg 5,
D-22926 Ahrensburg

ISBN
Paperback   978-3-384-55034-7
Hardcover   978-3-384-55035-4

*

Kapitel 1 – Die Auserwählten

Am 24. Februar 2022, dem Tag, an dem russische Truppen die Grenze zur Ukraine überschritten, wusste die Welt, dass sie an einem Wendepunkt stand. Zum ersten Mal seit Jahrzehnten schien ein globaler Krieg wieder möglich – und diesmal gab es keine Garantie, dass irgendjemand ihn überleben würde.

Innerhalb weniger Wochen reagierten die Vereinten Nationen mit einem Plan, der so ambitioniert wie verzweifelt war.

Projekt 30.

Eine letzte Hoffnung, den ewigen Kreislauf von Krieg, Gier und Zerstörung zu durchbrechen.

Die Idee war ebenso radikal wie kühn: **Innerhalb von 30 Jahren sollte die Menschheit zu weltweitem Frieden geführt werden.** Doch nicht durch Diplomatie, nicht durch Sanktionen oder Waffen – sondern durch die Erschaffung einer **neuen Generation von Führern.**

Die Regel war einfach:

- In jedem Land der Erde würde am **24. Februar 2022** genau **ein Neugeborenes** auserwählt.

- Die Auswahlkriterien waren streng geheim, nur ein kleiner Kreis innerhalb der UN kannte sie.

- Diese Kinder würden von ihren Eltern genommen und an einen unbekannten Ort gebracht.

- Sie würden gemeinsam aufwachsen – nicht als Bürger einzelner Nationen, sondern als **Kinder der Welt.**

- Und am 24. Februar 2052 – an ihrem 30. Geburtstag – würden sie zurückkehren, um jeweils das höchste Amt ihres Landes zu übernehmen.

209 Kinder. 209 Nationen.

Eine ganze Generation, geschaffen für den Weltfrieden.

*

Lina wurde um 02:17 Uhr in einer Privatklinik in Deutschland geboren. Ihre Mutter, eine junge Frau namens Lena Wagner, ahnte nicht, dass ihr Kind in diesem Moment bereits Teil von etwas viel Größerem geworden war.

Wenige Stunden nach der Geburt wurde ein DNA-Test durchgeführt. Er war Teil eines medizinischen Programms, das angeblich dazu dienen sollte, Neugeborene auf genetische Defekte zu überprüfen.

Doch für Lina war es eine Selektion.

Innerhalb weniger Minuten wurde das Testergebnis an eine geheime UN-Behörde weitergeleitet. Die Daten wurden mit Hunderten anderen Neugeborenen verglichen, die in Deutschland zur gleichen Stunde geboren wurden.

Dann fiel die Entscheidung.

Lina war das Kind, das auserwählt wurde.

Am nächsten Morgen wurde Lena Wagner gesagt, dass ihre Tochter an einer seltenen genetischen Störung litt, die eine sofortige, spezialisierte Behandlung erforderte. Ein UN-Sonderkommando transportierte das Neugeborene in einem Privatjet aus dem Land.

Sie war nicht die Einzige.

Überall auf der Welt verschwanden an diesem Tag Kinder – leise, unbemerkt, für ein höheres Ziel.

*

Die 209 Auserwählten wurden an einem Ort aufgezogen, den niemand auf einer Karte finden konnte.

Eine geheime Insel, irgendwo in der Karibik, umgeben von unüberwindbaren Stürmen und strengster militärischer Geheimhaltung.

Dort gab es keine Länder, keine Fahnen, keine Religionen.

Nur eine Gemeinschaft von Kindern, die nichts anderes kannten als sich selbst – und das Wissen, dass sie eines Tages die Welt regieren würden.

Sie wurden von den besten Lehrern unterrichtet, in Philosophie, Ethik, Strategie und Diplomatie. Sie lernten

Sprachen, Kulturen, Geschichte – aber nie aus der Perspektive eines einzelnen Landes.

Sie waren keine Deutschen, keine Amerikaner, keine Russen.

Sie waren **die letzte Hoffnung der Menschheit.**

*

Die Kinder des Projekts 30 hatten von Anfang an strenge Regeln:

1. **Keiner durfte wissen, aus welchem Land er oder sie stammte.**

2. **Es gab keine Nachnamen – nur Vornamen und eine Zahl.**

3. **Sie wurden als perfekte Balance erzogen – gleich viele Jungen wie Mädchen, gleich viele aus jedem Kontinent.**

4. **Sie durften keine persönlichen Bindungen außerhalb der Gruppe eingehen.**

5. **Sie lernten, zu führen – nicht als Herrscher, sondern als Hüter des Friedens.**

Lina wurde zur **Lina-72.**

Sie wusste nichts über Deutschland, nichts über Lena Wagner, nichts über die Welt, aus der sie kam.

Doch sie wusste, dass sie eine Mission hatte.

Und sie wusste, dass eines Tages die Welt ihr gehören würde.

Doch was, wenn die Welt sie nicht wollte?

Was, wenn sie nicht bereit war für den Frieden, den sie bringen sollte?

Und was, wenn einige der Auserwählten beschlossen, **dass es eine bessere Art gab, die Menschheit zu retten?**

Lina ahnte nicht, dass Projekt 30 nicht nur eine Hoffnung war.

Es war auch eine Waffe.

Und nicht alle, die auf der Insel lebten, glaubten daran, dass Frieden die einzige Lösung war.

*

Lina wusste, dass sie anders war. Doch sie wusste nicht, **warum.**

Die Insel war ihre Welt. Sie war alles, was sie kannte.

Kein Kind hier hatte Eltern, keine Familie. Sie waren eine Gemeinschaft, aber sie waren nicht wie normale Kinder. Sie waren *Auserwählte*.

Von klein auf wurden sie in einer perfekten Umgebung aufgezogen. Ihre Lehrer waren nicht nur Erzieher, sondern **Architekten der Zukunft**. Sie vermittelten Wissen über Politik, Philosophie, Wirtschaft – aber nicht als trockene Theorie.

Jedes Kind hier wusste, dass es eines Tages ein Land führen würde.

Aber kein Kind wusste, welches.

Keiner wusste, woher er kam.

Die einzige Identität, die sie hatten, war die, die das Projekt ihnen gab.

Lina war **Lina-72**.

Ein Name ohne Geschichte. Eine Zahl ohne Herkunft.

*

Von klein auf wurden die Kinder in Strategie und Führung unterrichtet. Sie hatten nicht nur Schulstunden – sie lebten in einer Simulation.

- Sie mussten Regierungen aufbauen und sie wieder zerstören.

- Sie mussten Kriege verhindern und erkennen, wann ein Konflikt unausweichlich war.

- Sie mussten Allianzen formen – und sie brechen.

- Sie mussten lernen, dass **Frieden nicht einfach existiert. Er wird erzwungen.**

Lina verstand, dass sie eine Verantwortung hatte.

Aber sie spürte auch etwas anderes.

Etwas, das sie nicht in Worte fassen konnte.

Eine Leere.

Als ob ein Teil von ihr fehlte.

Ein Teil, den sie niemals kennenlernen durfte.

*

Mit zehn Jahren bekam jedes Kind eine erste „Einweihung".

Lina und ihre Altersgruppe wurden in einen dunklen Raum geführt. Auf einer großen Leinwand erschien eine Weltkarte.

„Ihr seid die Zukunft", sagte ihre Lehrerin mit ruhiger Stimme. „Und die Welt gehört euch. Doch ihr müsst verstehen: Die Welt ist nicht gut. Sie war es nie."

Dann begannen die Bilder.

- Kriege.

- Hungersnöte.
- Politische Machtspiele, Korruption, Verrat.

Lina sah zu, wie Länder zerfielen, wie Menschen gegeneinander kämpften.

„Das ist die Realität der Welt," sagte die Lehrerin. „Die Menschheit ist nicht fähig, sich selbst zu regieren. Deshalb seid **ihr** hier."

Lina wusste, dass sie Recht hatte.

Doch etwas ließ sie nicht los.

Warum hatte sie dann das Gefühl, dass **etwas fehlte**?

*

Mit 16 begann Lina zu hinterfragen.

Jeden Tag war ihr Leben strukturiert. Sie lernte, trainierte, diskutierte – aber **es gab nie Antworten über ihre eigene Vergangenheit.**

Sie wusste, dass sie eine Rolle spielen musste. Doch wer war sie *vor* dem Projekt?

Eines Nachts schlich sie sich in das Archivgebäude.

Es gab Gerüchte über einen verbotenen Raum – einen, den kein Kind betreten durfte.

Doch wenn jemand Antworten hatte, dann lagen sie dort.

Lina wusste, dass sie beobachtet wurde. Aber sie wusste auch, dass **die Wahrheit nie einfach gefunden wird – sie muss gestohlen werden.**

Und als sie die Tür zu dem geheimen Archiv aufstieß, wusste sie, dass sie dabei war, etwas zu entdecken, das das gesamte Projekt 30 in Frage stellen würde.

Denn auf den Akten stand nicht nur die Geschichte des Projekts.

Dort standen die **Namen der Kinder – und die Länder, aus denen sie kamen.**

Zum ersten Mal sah sie es schwarz auf weiß.

Lina Wagner – Deutschland.

Aber Deutschland war nicht das Problem.

Der Name, der unter ihrem stand, ließ ihr das Blut in den Adern gefrieren.

Projekt 30 – Alternative Protokolle: Kontrollierte Revolutionen.

Die Auserwählten waren nicht nur Friedensbringer.

Sie waren Schachfiguren in einem noch größeren Plan.

Und nicht jeder von ihnen sollte die Welt mit Worten verändern.

Manche waren dazu bestimmt, sie mit Feuer zu erneuern.

*

Lina starrte auf die Dokumente. Ihr Herz schlug so laut, dass sie fürchtete, jemand könnte es hören.

Kontrollierte Revolutionen.

Das klang nicht wie Frieden.

Das klang nach **Krieg.**

Sie blätterte weiter. Jede Seite war ein Schlag in die Magengrube.

Projekt 30 war nicht nur ein Friedensprogramm. Es war **eine Waffe.**

Die Kinder waren nicht nur zukünftige Präsidenten. Einige von ihnen waren dazu bestimmt, den Frieden mit **Gewalt** zu erzwingen.

„Wenn eine Nation sich dem Weltfrieden widersetzt, wird sie von innen heraus reformiert."

Lina stockte der Atem.

Sie las die Namen auf der Liste unter dem neuen Protokoll.

Es gab zwei Gruppen.

- **Die Friedensführer** – jene, die als Staatsoberhäupter in ihre Länder zurückkehren sollten.

- **Die Schattenfiguren** – jene, die für „unvorhergesehene Widerstände" zuständig waren.

Jeder von ihnen hatte eine Rolle.

Einige wurden zu **Gesichtern des Wandels.**

Andere zu **Gespenstern der Revolution.**

Lina suchte nach ihrem Namen.

Sie betete, dass sie auf der Liste der **Friedensführer** stand.

Dann fand sie ihn.

Und sie wusste, dass sie sich geirrt hatte.

Lina-72 – Alternative Protokolle: Kontrollierte Revolutionen.

Ihr Magen zog sich zusammen.

Sie war **nicht** dazu bestimmt, Deutschland zu führen.

Sie war dazu bestimmt, es zu **zerstören, wenn es sich dem Plan widersetzte.**

*

Lina konnte nicht mehr atmen.

Ihre ganze Welt, ihre ganze Ausbildung – alles war eine Lüge gewesen.

Sie dachte, sie sei auserwählt, um Frieden zu bringen.

Aber sie war dazu bestimmt, ihn **mit Gewalt** zu erzwingen.

Sie versuchte, weiterzulesen, aber eine Bewegung hinter ihr ließ sie zusammenzucken.

Eine Stimme sprach leise: „Ich wusste, dass du kommen würdest."

Lina drehte sich um.

Vor ihr stand **Noah-15.**

Noah war einer der ältesten Auserwählten, fast 18 Jahre alt.

Er war immer klug gewesen. Charismatisch. Einer derjenigen, die in Debatten immer gewannen.

Und er war **einer der Schattenfiguren.**

„Ich… ich dachte, wir sollten den Frieden bringen," flüsterte Lina.

Noah lächelte traurig. „Frieden ist nicht einfach, Lina. Manchmal braucht es einen Krieg, um ihn zu erreichen."

Lina schüttelte den Kopf. „Das kann nicht wahr sein. Wir wurden als Hoffnung erzogen. Nicht als Waffen."

Noah trat näher. Sein Blick war ernst. „Glaubst du wirklich, die Welt wird uns einfach so akzeptieren? Sie werden uns bekämpfen, sie werden uns für Marionetten halten. Für uns ist der Weg vorgezeichnet: Wenn sie uns nicht folgen – dann müssen wir sie dazu zwingen."

Lina fühlte, wie ihre Knie weich wurden.

„Und du… wusstest das die ganze Zeit?"

Noah nickte. „Wir alle wussten es. Aber wir mussten sicherstellen, dass nur diejenigen davon erfahren, die bereit sind, es zu akzeptieren."

Lina merkte, wie sich ihr Kopf drehte.

Sie war nicht bereit.

Nicht dafür.

Nie dafür.

*

Lina wusste, dass sie hier nicht mehr sicher war.

Sie hatte etwas entdeckt, das sie nicht hätte wissen dürfen.

Und sie wusste, was mit denen passierte, die sich dem System widersetzten.

Sie erinnerte sich an die Geschichten von Kindern, die „aus dem Programm genommen" wurden. Niemand sprach darüber, was mit ihnen geschah.

Aber sie wusste, dass sie nie zurückkamen.

Noah sah sie an, als könnte er ihre Gedanken lesen.

„Es gibt kein Entkommen, Lina," sagte er ruhig.

„Es gibt immer einen Weg," flüsterte sie.

Er trat näher. „Lina, du kannst dich nicht einfach abwenden. Wir sind die Zukunft. Du kannst sie mitgestalten – oder gegen sie kämpfen. Aber glaub mir, wenn du gegen sie kämpfst... wirst du verlieren."

Lina schluckte schwer.

Sie wusste, dass sie eine Wahl hatte.

- **Gehorchen.** Akzeptieren, dass sie dazu bestimmt war, ihre Heimat zu „reformieren", sollte es nötig sein.

- **Fliehen.** Herausfinden, wer hinter all dem steckte. Herausfinden, ob es einen Weg gab, das System zu stoppen.

Sie schaute Noah in die Augen.

Dann sagte sie: **„Ich werde mich niemals für eine Lüge opfern."**

Sie rannte los.

Hinter ihr hörte sie Noahs Stimme.

„Du kannst nicht entkommen, Lina!"

Aber sie rannte weiter.

Weil sie wusste, dass die Zukunft, die sie versprochen bekommen hatte, nicht real war.

Und weil sie jetzt **eine eigene Zukunft finden musste.**

Egal, was es kostete.

*

Lina rannte durch die dunklen Korridore der Anlage. Ihr Herz schlug so heftig, dass sie glaubte, jeder in der Nähe müsste es hören.

Sie wussten es jetzt.

Noah würde es melden. Und wenn das System so funktionierte, wie sie befürchtete, hatte sie nur Minuten, bevor die Sicherheitsprotokolle aktiviert wurden.

Sie musste verschwinden. **Sofort.**

Ihr erster Gedanke war der Küstenbereich. Das Projekt 30 wurde auf einer abgelegenen Karibikinsel durchgeführt, doch es gab Versorgungsschiffe, die regelmäßig ankamen. **Wenn sie eines davon erreichen konnte, gab es vielleicht eine Chance zu entkommen.**

Doch da war ein Problem.

Noch nie war jemand von der Insel entkommen.

*

Während Lina sich durch das Gelände bewegte, wurde ihr klar, wie wenig sie über ihre Umgebung wusste.

Die Insel war riesig, doch für die Auserwählten war nur ein kleiner Teil davon zugänglich.

Wo war die Grenze? Wo waren die Sicherheitsanlagen?

Sie wusste es nicht.

Und das machte die Flucht noch gefährlicher.

Plötzlich hörte sie eine Alarmsirene.

„Sicherheitsstufe Rot. Unautorisierte Aktivität erkannt. Alle Einheiten in Bereitschaft."

Linas Puls raste.

Sie sprintete weiter, nahm eine Abzweigung in einen Korridor, den sie zuvor nie betreten hatte.

Dann hörte sie Stimmen hinter sich.

Noah.

Und andere.

„Lina! Bleib stehen! Du kannst das nicht gewinnen!"

Sie presste sich gegen die Wand. Ihr Atem war flach, ihr Kopf arbeitete fieberhaft.

Dann sah sie eine Tür, die anders aussah als die anderen. Sie war schwer gepanzert – aber einen Spalt offen.

Ein Geheimgang?

Sie hatte keine andere Wahl.

Mit einem letzten Blick zurück rutschte sie durch die Öffnung und zog die Tür hinter sich zu.

*

Der Gang war schmal, dunkel und roch nach Metall und Öl.

Hier war sie noch nie gewesen.

Während die normalen Einrichtungen der Auserwählten sauber, modern und perfekt organisiert waren, wirkte dieser Bereich… älter. Verlassen.

Sie bewegte sich vorsichtig weiter.

Dann, nach etwa hundert Metern, erreichte sie eine weitere Tür. Sie war nicht verschlossen.

Lina schob sie vorsichtig auf und trat hinaus – und was sie sah, ließ ihr das Blut in den Adern gefrieren.

Jenseits der Anlage lag eine Stadt.

Keine idyllische Küstensiedlung, kein Luxus.

Es waren **ruinierte Gebäude, notdürftig zusammen-geflickte Unterkünfte, Menschen in zerschlissener Kleidung.**

Das hier war nicht die Insel, die sie kannte.

Das hier war ein **ganz anderer Teil der Wahrheit.**

*

Lina bewegte sich vorsichtig weiter.

Die Menschen, die hier lebten, waren nicht Teil des Projekts.

Sie waren... **Ausgestoßene.**

Kinder, die einst Auserwählte gewesen waren, aber „aus dem Programm genommen" wurden.

Weil sie nicht stark genug waren.

Weil sie nicht folgsam genug waren.

Weil sie das System hinterfragt hatten.

Kinder wie sie.

Eine Gruppe von ihnen bemerkte sie.

Ein Junge, kaum älter als sie, trat näher. Seine Kleidung war zerrissen, sein Gesicht voller Narben.

„Du kommst von oben, nicht wahr?"

Lina nickte langsam.

Der Junge musterte sie mit kalten Augen.

„Dann hast du nur zwei Möglichkeiten. Entweder du hilfst uns…"

Er zog ein Messer aus seiner Jackentasche.

„…oder du bist unser Feind."

Lina schluckte.

Sie wusste, dass sie eine Entscheidung treffen musste.

Denn sie war nicht mehr nur auf der Flucht.

Jetzt war sie Teil eines Krieges, von dem sie nichts wusste.

Und die Menschen hier – die Kinder, die man vergessen hatte – wussten viel mehr, als sie jemals geahnt hatte.

*

Lina spürte die Anspannung in der Luft. Der Junge mit den Narben hielt sein Messer fest in der Hand, seine Augen voller Misstrauen.

Hinter ihm standen andere – Kinder und Jugendliche in abgenutzter Kleidung, mit harten Blicken, die viel zu alt für ihr Alter wirkten.

Lina hatte noch nie von ihnen gehört.

Das bedeutete nur eines: **Sie sollten nicht existieren.**

Doch hier waren sie.

„Wie heißt du?" fragte der Junge.

Lina zögerte. „Lina-72."

Seine Miene verfinsterte sich. „Natürlich. Eine von denen mit einer Nummer."

Er steckte das Messer langsam weg. „Mein Name war mal **Daniel**. Aber die da oben haben mich einfach gelöscht. Jetzt bin ich nichts mehr."

Lina fühlte, wie sich ihr Magen zusammenzog.

„Warum seid ihr hier?" flüsterte sie.

Ein Mädchen trat vor. Sie hatte kurzes, schmutziges Haar und ein verblichenes T-Shirt mit einem UN-Emblem, das fast nicht mehr zu erkennen war.

„Weil das Projekt 30 eine Lüge ist," sagte sie. „Weil nicht alle dazu gemacht sind, die Welt zu regieren."

Lina starrte sie an. „Aber wir wurden doch auserwählt…"

„Ja," sagte Daniel. „Und dann wurden wir **aussortiert.**"

*

Lina wusste, dass sie keine Zeit hatte. Die Wachleute würden bald bemerken, dass sie verschwunden war. Aber sie musste es wissen.

„Warum hat man euch verbannt?" fragte sie.

Daniel lachte bitter. „Weil wir Fehler gemacht haben. Manche von uns haben nicht schnell genug gelernt. Manche haben das System hinterfragt. Manche waren einfach… überflüssig."

Lina spürte, wie sich ihr Herzschlag beschleunigte.

„Ich dachte, wir sollten alle gleich sein," sagte sie.

Das Mädchen mit dem UN-Shirt funkelte sie an. „Gleich? Das ist, was sie euch erzählen. Aber das ist nicht die Wahrheit."

Sie deutete auf die Ruinen um sie herum.

„Wir sind die **Aussortierten**. Diejenigen, die nicht perfekt waren. Und wenn du hier bist, bedeutet das, dass du es auch bist."

Lina wollte protestieren. Sie war nicht fehlerhaft. Sie war immer eine der Besten gewesen.

Doch dann erinnerte sie sich an das, was sie im Archiv gesehen hatte.

Alternative Protokolle. Kontrollierte Revolutionen.

Sie war nie für den Weltfrieden bestimmt gewesen.

Sie war eine Waffe.

Vielleicht hatte das System genau deshalb angefangen, sie auszusortieren.

Vielleicht war sie die nächste auf der Liste.

*

Lina wusste, dass sie nicht zurück konnte.

Noah hatte sie verraten. Das System hatte ihre Loyalität in Frage gestellt.

Und jetzt wusste sie von den Verbannten.

Es gab nur eine Möglichkeit: **Mit ihnen zusammenarbeiten.**

„Was ist euer Plan?" fragte sie.

Daniel verschränkte die Arme. „Wir haben keinen."

„Dann braucht ihr einen."

Er musterte sie skeptisch. „Und du willst uns helfen? Du, die bis gestern noch für das System gearbeitet hat?"

Lina hob das Kinn. „Ja. Weil ich die Wahrheit kenne."

Das Mädchen mit dem UN-Shirt trat vor. „Und was willst du tun? Die Insel verlassen? Denkst du, du kannst einfach in dein Land zurückkehren? Das geht nicht."

Lina spürte, wie ein neuer Gedanke in ihr wuchs.

„Dann müssen wir das System von innen zerstören."

Daniel sah sie lange an.

Dann nickte er.

„Vielleicht bist du doch nicht nutzlos."

*

Lina verbrachte die nächsten Tage damit, alles über die Verbannten zu erfahren.

Es gab viel mehr von ihnen, als sie gedacht hatte. Hunderte.

Die Insel war nicht nur ein Trainingszentrum für die Auserwählten. Sie war auch ein **Gefängnis für die Fehlschläge.**

Und niemand in der Welt wusste davon.

„Wir können nicht einfach hier raus," sagte Daniel eines Abends. „Die Insel ist bewacht. Wir haben es versucht. Die Boote, die kommen, sind alle registriert. Und die Flugzeuge starten von einer geheimen Landebahn."

Lina dachte nach. „Aber wenn jemand von den Auserwählten fliegen darf…"

„Dann ja," sagte das Mädchen mit dem UN-Shirt. „Aber wir sind nicht die Auserwählten."

Lina schaute sie an.

„Aber **ich** bin es."

Daniel verstand sofort. „Du meinst, du gehst zurück?"

Lina nickte. „Und dann hole ich euch da raus."

*

Lina wusste, dass sie etwas riskierte.

Sie hatte das System verraten. Aber wenn sie zurückkehrte, bevor jemand sie offiziell als Verräterin abstempelte, hatte sie eine Chance.

„Sie werden dich überprüfen," warnte Daniel.

„Ich weiß," sagte Lina.

„Und wenn du auffliegst?"

Lina atmete tief durch.

„Dann werde ich nicht mehr zurückkommen."

Daniel reichte ihr eine Hand.

„Dann hoffe ich, dass du es schaffst."

Sie schlug ein.

Und dann machte sie sich auf den Weg zurück in das System, das sie zerstören musste.

Denn das Projekt 30 war kein Hoffnungsträger.

Es war eine **Lüge.**

Und wenn Lina überleben wollte, musste sie jetzt **die gefährlichste Rolle ihres Lebens spielen.**

*

Lina bewegte sich vorsichtig durch die dunklen Gänge zurück in den offiziellen Teil der Anlage. Jeder Schritt fühlte sich an, als würde sie auf dünnem Eis laufen.

Sie wusste, dass Noah und die anderen inzwischen ihre Abwesenheit bemerkt hatten.

Sie wusste auch, dass sie eine **perfekte Erklärung** brauchte.

Als sie die Tür zum Hauptflügel erreichte, atmete sie tief durch. Dann schob sie sich vorsichtig hindurch – und lief direkt in eine Falle.

„Da ist sie!"

Mehrere Wachen standen in der Halle, ihre Waffen nicht auf sie gerichtet, aber bereit.

Und in ihrer Mitte: **Noah.**

Er verschränkte die Arme und musterte sie mit kühlem Blick. „Ich wusste, dass du zurückkommst."

Lina zwang sich zu einem Lächeln. **Sie durfte jetzt nicht zeigen, dass sie Angst hatte.**

„Natürlich bin ich zurückgekommen," sagte sie so ruhig wie möglich. „Ich musste etwas überprüfen."

Noah hob eine Augenbraue. „Und was genau?"

Lina zögerte keine Sekunde. „Ob die Gerüchte wahr sind."

Noahs Gesicht verriet keine Regung. „Welche Gerüchte?"

Lina trat einen Schritt näher. „Dass einige von uns nicht für den Weltfrieden bestimmt sind. Sondern für etwas anderes."

Ein Muskel in Noahs Kiefer zuckte.

Lina wusste, dass sie einen Treffer gelandet hatte.

„Ich habe Dinge gelesen, Noah," sagte sie leise. „Und ich weiß, dass es zwei Gruppen gibt. Eine für den Frieden – und eine für den Krieg."

Stille.

Dann trat Noah näher. Sein Blick war scharf, abschätzend.

„Und was glaubst du, was du jetzt tun solltest, Lina?"

Sie hob das Kinn. **Jetzt kam es darauf an.**

„Ich will Teil des wahren Plans sein," sagte sie. „Ich will auf der richtigen Seite stehen."

Noah beobachtete sie lange.

Dann nickte er langsam.

„Dann wird es Zeit für deine nächste Prüfung."

*

Lina wurde in eine abgelegene Kammer geführt, die sie nie zuvor betreten hatte.

Der Raum war schlicht, nur ein Tisch, zwei Stühle.

Auf dem Tisch lag eine einzige Akte.

„Setz dich," sagte Noah.

Lina tat es.

Er schob die Akte zu ihr. „Lies das."

Sie schlug sie auf – und fühlte, wie ihr Herz schneller schlug.

Es war eine Liste.

Aber keine Liste mit Projektdaten oder Strategien.

Es war eine **Todesliste.**

Jeder Name stand unter einer Nation.

Und am Ende jeder Zeile gab es eine Notiz: **Neutralisieren – wenn erforderlich.**

Lina starrte auf die Namen.

Und dann sah sie ihn.

Daniel.

Ihr Magen zog sich zusammen.

„Die Verbannten," flüsterte sie.

Noah nickte. „Sie sind eine Gefahr für das Projekt. Und das Projekt darf nicht scheitern."

Lina konnte sich kaum noch beherrschen.

Sie wollten sie eliminieren.

Daniel, das Mädchen mit dem UN-Shirt, all die anderen, die die Wahrheit kannten.

Sie sollten verschwinden, bevor das Projekt in die letzte Phase ging.

Lina wusste, dass sie nur einen Moment hatte, um zu entscheiden.

Spielt sie weiter mit – oder handelt sie jetzt?

Sie schluckte schwer und hob den Blick.

„Wann geht die Mission los?" fragte sie.

Noah lächelte. „Bald."

Lina lächelte zurück.

Doch in ihrem Inneren wusste sie nur eines:

Sie hatte jetzt keine Wahl mehr. Sie musste das System von innen zerstören – oder sie würde selbst zerstört werden.

Und das bedeutete, dass sie einen Plan brauchte.

Schnell.

*

Lina wusste, dass sie jetzt nicht mehr nur eine Auserwählte war.

Sie war eine **Spionin.**

Sie musste weiter tun, als wäre sie auf Noahs Seite. Sie musste so lange wie möglich unsichtbar bleiben.

Doch sie wusste auch, dass die Zeit gegen sie arbeitete.

Wenn sie nichts tat, würden Daniel und die Verbannten sterben.

Und wenn sie zu früh handelte, würde sie mit ihnen untergehen.

Es gab nur einen Ausweg:

Sie musste das gesamte Projekt zum Einsturz bringen.

Die Frage war nur: **Wie zerstört man ein System, das perfekt ist?**

Lina wusste, dass sie bald eine Antwort finden musste.

Denn wenn nicht, würde sie am Ende nur noch eine weitere Zahl in einer Akte sein.

Und dann wäre alles verloren.

*

Lina wusste, dass sie jetzt **keinen Fehler** mehr machen durfte.

Die Verbannten würden bald eliminiert werden. Noah glaubte, sie wäre auf seiner Seite. Und das System, das sie alle gefangen hielt, war zu perfekt, um es frontal zu bekämpfen.

Also musste sie es **von innen heraus zerstören.**

Doch wie bringt man ein System zum Einsturz, das seit Jahrzehnten makellos funktioniert?

Lina wusste die Antwort.

Man setzt es in Brand.

Nicht wörtlich – aber symbolisch.

Sie musste dafür sorgen, dass das, was in Projekt 30 geschah, nach draußen gelangte.

Dass die Welt von der Wahrheit erfuhr.

Von den Verbannten. Von den Schattenfiguren. Von den geplanten Attentaten.

Und es gab nur eine Möglichkeit, das zu tun.

Sie musste die UN erreichen.

*

Lina wusste, dass die Insel vollkommen isoliert war.

Es gab **keine privaten Geräte, keine Internetverbindung, keine Außenkontakte.**

Alles war kontrolliert.

Doch es gab eine **Ausnahme.**

Das diplomatische Netzwerk.

Jede Woche wurde eine verschlüsselte Nachricht an die UN gesendet, um die Fortschritte des Projekts zu dokumentieren.

Diese Nachrichten wurden von den höchsten Administratoren geprüft – doch **sie waren unverschlüsselt, solange sie noch auf der Insel waren.**

Lina wusste, dass sie nur **eine einzige Nachricht** platzieren musste.

Ein Satz, der alles verändern würde.

*

Die nächste diplomatische Übertragung stand bevor.

Lina hatte sich einen Plan zurechtgelegt.

Sie wusste, wo die Nachrichten verfasst wurden. Sie wusste, wer sie übermittelte.

Und sie wusste, dass sie **keine zweite Chance** bekommen würde.

Also schlich sie sich in der Nacht in das Büro eines der Koordinatoren.

Der Raum war dunkel. Nur ein Monitor leuchtete auf dem Schreibtisch.

Der Bericht für die UN war bereits vorbereitet.

Es war ein standardisiertes Dokument – voller optimistischer Worte über die Fortschritte der Auserwählten.

Lina setzte sich an den Tisch.

Ihre Finger zitterten, als sie die letzte Zeile des Berichts überarbeitete.

Dann schrieb sie:

„Projekt 30 ist eine Lüge. Wir sind Gefangene. Bitte helft uns."

Sie atmete tief durch.

Dann drückte sie **Senden.**

*

Am nächsten Morgen spürte Lina sofort, dass **etwas nicht stimmte.**

Die Atmosphäre auf der Insel hatte sich verändert.

Mehr Wachen. Mehr Kontrolle. Mehr Unruhe.

Die Administratoren wussten, dass **irgendetwas schiefgelaufen war.**

Aber sie wussten noch nicht, **wer** dahintersteckte.

Lina hielt sich unauffällig. Sie tat so, als wäre alles normal.

Doch dann wurde eine **Durchsage** gemacht:

„Alle Auserwählten müssen sich sofort in der Hauptversammlungshalle einfinden."

Lina wusste, dass es jetzt ernst wurde.

Sie hatte die Bombe platziert.

Jetzt musste sie nur noch **überleben, um zu sehen, was passierte.**

*

Lina saß in der riesigen Halle mit den anderen Auserwählten.

Noah saß nicht weit von ihr entfernt, sein Blick war wachsam.

Dann trat einer der obersten Administratoren auf die Bühne.

Er wirkte ruhig, aber seine Stimme war hart.

„Jemand hat eine Nachricht an die UN geschickt."

Ein Raunen ging durch die Reihen.

„Wir werden herausfinden, wer es war."

Lina wusste, dass sie nicht viel Zeit hatte.

Es war nur eine Frage von Stunden, bis sie herausfanden, dass **sie** es war.

Also musste sie **vorher handeln.**

*

Lina wusste, dass sie nicht mehr alleine war.

Die Verbannten warteten auf sie.

Wenn sie jetzt nichts tat, würden sie ausgelöscht.

Also schlich sie sich in der Nacht aus ihrem Quartier und machte sich auf den Weg zurück in die Ruinenstadt.

Dort warteten Daniel und die anderen bereits auf sie.

„Sie wissen es," sagte sie.

Daniel nickte. „Wie lange haben wir?"

„Wenige Stunden."

Das Mädchen mit dem UN-Shirt trat vor. „Dann müssen wir jetzt zuschlagen."

Lina nickte.

Das hier war kein Training mehr.

Das war Krieg.

*

Lina und die Verbannten bewegten sich in der Dunkelheit.

Sie hatten keine Waffen – aber sie hatten einen Plan.

Ihr Ziel war **der Kontrollraum.**

Wenn sie die Kommunikationssysteme unter ihre Kontrolle brachten, konnten sie eine **Live-Nachricht an die UN senden.**

Nicht nur ein Satz.

Sondern **alles.**

Bilder. Namen. Beweise.

Die Wahrheit würde nicht mehr zu leugnen sein.

Lina wusste, dass sie jetzt alles riskierte.

Aber sie hatte keine Wahl.

Sie musste kämpfen.

Denn wenn sie scheiterte, würde das Projekt 30 nicht nur weitergehen –

sie würde niemals wieder frei sein.

*

Die Verbannten griffen in der Nacht an.

Sie bewegten sich leise, nutzten die geheimen Gänge.

Lina führte sie durch den Komplex – sie kannte die Wachen, die Schwachstellen.

Als sie den Kontrollraum erreichten, wusste sie, dass es **kein Zurück** mehr gab.

Die Tür war verstärkt. Sie mussten sie aufbrechen.

Daniel trat vor. „Wenn wir das tun, gibt es keinen anderen Weg mehr, Lina."

Lina sah ihn an.

Dann nickte sie.

„Dann machen wir es richtig."

Mit aller Kraft rammten sie die Tür auf.

Und dann **begann die wahre Revolution.**

*

Die Tür krachte auf, und der Kontrollraum lag vor ihnen – ein halbdunkler Raum voller Bildschirme, blinkender Kontrollleuchten und riesiger Kommunikationspulte.

Drei Techniker sprangen auf, ihre Gesichter verzerrt vor Überraschung. Doch bevor einer von ihnen den Alarm auslösen konnte, stürzte Daniel nach vorne und riss einem den Stuhl unter den Füßen weg.

„Sperrt die Tür!" rief Lina, während sie sich an die Konsole setzte.

Das Mädchen mit dem UN-Shirt – sie hieß Emilia, das wusste Lina jetzt – drückte einen schweren Metallschrank gegen den Eingang.

„Wir haben Minuten, bevor sie uns finden," keuchte Daniel.

Lina wusste es. Doch sie hatte genau diese Minuten geplant.

Sie tippte auf die Tastatur, suchte die gesicherten Kommunikationskanäle.

Dann sah sie es – das UN-Netzwerk. **Verschlüsselt, aber aktiv.**

Ein einziger Knopfdruck – und sie würde live auf Sendung sein.

„Lina, beeil dich!" drängte Emilia.

Lina nahm das Mikrofon. Ihr Mund war trocken, aber ihre Stimme war klar.

„An die Vereinten Nationen.

Mein Name ist Lina-72. Ich bin eine der 209 Auserwählten von Projekt 30.

Was man euch erzählt hat, ist eine Lüge.

Dieses Programm wurde nie geschaffen, um Frieden zu bringen.

Es wurde geschaffen, um die Welt zu kontrollieren – mit uns als Werkzeuge.

Wir sind nicht nur Anführer. Einige von uns wurden darauf trainiert, Regierungen zu stürzen. Einige wurden dazu bestimmt, zu sterben.

Und die, die nicht ins System passten, wurden aussortiert – verbannt oder getötet.

Dieses Projekt muss aufhören.

Ihr müsst kommen. Ihr müsst uns retten.

Projekt 30 ist keine Hoffnung. Es ist eine Diktatur in der Entstehung.

Wenn ihr das hört – helft uns. Bevor es zu spät ist."**

Sie drückte auf „Senden".

Die Nachricht wurde übertragen.

*

Einen Moment lang war nur Stille.

Dann kam das Geräusch von schweren Stiefeln auf dem Gang.

„Sie haben uns gefunden!" rief Daniel.

Lina sprang auf. Sie wusste, dass die Nachricht rausgegangen war – aber sie musste überleben, um zu sehen, was passierte.

„Es gibt einen Notausgang," sagte Emilia. „Folgt mir!"

Sie rannten durch einen schmalen Korridor. Hinter ihnen erklang ein dumpfer Knall – die Wachen versuchten, die Tür aufzubrechen.

Dann ein zweiter.

„Lauft!" schrie Lina.

*

Sie erreichten die Außenmauern der Anlage gerade in dem Moment, als am Horizont ein grelles Licht aufblitzte.

Lina hielt den Atem an.

Flugzeuge.

Und nicht die der Administratoren.

Dann hörte sie die ersten Explosionen.

Die UN hatte ihre Nachricht erhalten.

Und sie hatten reagiert.

Über der Insel tauchten schwarze Helikopter auf. Männer in dunklen Uniformen seilten sich ab, während die gesamte Anlage in Chaos versank.

Die Wachen kämpften. Die Administratoren versuchten zu fliehen.

Aber es war zu spät.

Das Projekt war **vor aller Welt enttarnt worden.**

Und es fiel.

*

Stunden später saß Lina in einem UN-Helikopter und sah auf die Insel hinab.

Wo einst das makellose Paradies gewesen war, brannten nun Gebäude.

Sie hatte es geschafft.

Die Wahrheit war ans Licht gekommen.

Aber was jetzt?

Sie wusste nicht, was mit den anderen Auserwählten passieren würde. Würden sie jemals in ihre Heimatländer zurückkehren? Würden sie jemals erfahren, wer sie wirklich waren?

Und sie wusste auch nicht, was mit ihr selbst passieren würde.

Doch sie wusste eines:

Sie hatte ihr Schicksal selbst in die Hand genommen.

Und egal, was als Nächstes kam – sie würde sich nicht mehr kontrollieren lassen.

Projekt 30 war gescheitert.

Doch Lina hatte überlebt.

Und nun musste sie herausfinden, was es bedeutete, **wirklich frei zu sein.**

Nachwort – Kann es einen anderen Weg geben?

Projekt 30 war eine radikale Idee – eine, die auf der Hoffnung basierte, dass Menschen geformt und programmiert werden können, um Frieden zu bringen. Doch wie Lina erkannte, war es **keine echte Lösung.**

Die Grundidee ist faszinierend: **Eine Generation von globalen Führern, frei von Vorurteilen, aufgezogen in einer Umgebung ohne nationale oder kulturelle Konflikte.** Keine Kriege, keine Korruption, keine persönlichen Machtkämpfe.

Doch genau hier liegt das Problem.

Frieden kann nicht erzwungen werden.

Ein System, das Menschen als Schachfiguren sieht, das Kontrolle über ihre Gedanken und Werte ausübt, wird nie ein echtes Gleichgewicht schaffen. **Frieden entsteht nicht durch perfekte Konditionierung – sondern durch die Fähigkeit, Unterschiede zu akzeptieren und mit ihnen zu leben.**

Könnte ein solches Projekt positiv funktionieren?

Theoretisch ja – **aber nicht in der Art, wie Projekt 30 umgesetzt wurde.**

Ein wirklich funktionierendes Modell müsste:

1. **Freiheit und Vielfalt bewahren.**

    o Statt alle gleich zu machen, sollte eine solche Initiative Menschen lehren, mit **Unterschieden umzugehen.**

- o Keine Eliminierung von „ungeeigneten" Kandidaten. Kein verstecktes System von Schattenfiguren.

2. **Menschliche Werte über Ideologie stellen.**

   - o Wenn Frieden durch Kontrolle erzwungen wird, ist er keine Freiheit, sondern Diktatur.

   - o Statt einer geheimen Erziehung in Isolation wäre eine **internationale Ausbildung mit echtem Austausch** sinnvoll.

3. **Macht dezentralisieren.**

   - o In Projekt 30 lag das Schicksal der Welt in den Händen von 209 Personen. Aber wahre Stabilität entsteht durch starke **Institutionen, Bildung und den Willen der Menschen.**

   - o Die Lösung für eine bessere Welt liegt nicht in wenigen perfekten Führern – sondern in einer **aufgeklärten Gesellschaft.**

Wie kann Frieden sonst möglich sein?

In einer Welt, die immer stärker polarisiert ist – zwischen Nationalismus und Globalismus, zwischen Reichtum und Armut, zwischen Ideologien – ist **Friede keine einfache Aufgabe.**

Aber es gibt **Wege**, die funktionieren könnten:

- **Bildung als Schlüssel**: Statt eine Elite auszuwählen, sollten Bildungsprogramme in großem Maßstab Menschen befähigen, **kritisch zu denken und friedlich zu verhandeln.**

- **Globale Zusammenarbeit stärken**: Projekte wie die UN, internationale Klimaverträge oder Menschenrechtsorganisationen sind nicht perfekt – aber sie sind **der richtige Ansatz.**

- **Technologie für Frieden nutzen**: KI, Kommunikation und Vernetzung können Kriege verhindern, indem sie Dialog fördern und Transparenz schaffen.

- **Wirtschaftliche Gerechtigkeit**: Viele Konflikte entstehen aus Armut und Ungleichheit. Eine gerechtere Ressourcenverteilung würde viele Spannungen beseitigen.

Fazit

Projekt 30 war der **Albtraum einer perfekten Welt.**

Es zeigte, dass selbst mit den besten Absichten eine Utopie schnell zur Dystopie werden kann.

Aber die Vision eines friedlichen Planeten **ist nicht unmöglich.**

Der wahre Weg zum Frieden liegt nicht in Kontrolle, sondern in **Verständnis, Gerechtigkeit und der Fähigkeit, Unterschiede nicht als Bedrohung, sondern als Stärke zu sehen.**

Denn Frieden beginnt nicht bei einer Elite.

Er beginnt bei uns allen.

Zeitfracht Medien GmbH
Ferdinand-Jühlke-Straße 7
99095 Erfurt, Deutschland
produktsicherheit@kolibri360.de